EX-CUETOS

COLECCIÓN CANIQUÍ

EDICIONES UNIVERSAL, Miami, Florida, 2002

JUAN CUETO

EX-CUETOS

Primera edición, 2002

EDICIONES UNIVERSAL
P.O. Box 450353 (Shenandoah Station)
Miami, FL 33245-0353. USA
Tel: (305) 642-3234 Fax: (305) 642-7978
e-mail: ediciones@ediciones.com
http://www.ediciones.com

Library of Congress Catalog Card No.: 2002103524
I.S.B.N.: 0-89729-986-8
Edición especial adicional de 100 ejemplares encuadernados y numerados.

Diseño de la cubierta: Luis García-Fresquet

A mis hermanos.

ÍNDICE

Hay cosas en este mundo que, por muy sagradas que sean, no pueden dejarse tal cual son.

Günter Grass

ASSOLUTA

Quedaba la cabeza…
Las Partes: Virgilio Piñera

Hacía sesenta años que había bailado su primera *Giselle*, y para celebrar el aniversario estaba haciendo una gira por varios países de Europa. Su biznieto, un joven bailarín de renombre mundial, era su *partenaire* en esta ocasión.

Ella seguía siendo la mejor bailarina de todos los tiempos y, a pesar de su avanzada edad, su técnica era todavía prodigiosa y su interpretación artística inigualable.

Pero los años son un monstruo invisible al que se puede combatir, mas nunca derrotar.

Sucedió en Barcelona, en el Teatro del Liceo, precisamente durante el segundo acto de *Giselle*. Debido a la atmósfera irreal de novias fantasmas, tules blancos y luces de ultratumba, el hecho no pareció disonante ni macabro. En uno de los giros de La Excelsa, su brazo derecho se desprendió del hombro y salió proyectado hacia un costado del escenario. No hubo sangramiento, sólo una especie de vapor o polvareda que se confundió con la neblina artificial de la escena. La Egregia Manca siguió bailando como si nada hubiese sucedido. Desde bambalinas, el grito de un corifeo que había sido golpeado por el brazo inerte fue el único indicio de que algo insólito había ocurrido.

Al día siguiente, la prensa mundial divulgó la noticia en toda su gravedad. Y los críticos alabaron lo que, según ellos, quedaría escrito en los anales del Ballet como una función histórica: la última actuación de la gran bailarina. Pero esa mujer de carácter tenaz y orgullosa personalidad nunca se había dejado intimidar por adversidades. ¿Acaso no le habían pronosticado los médicos al comienzo de su carrera que nunca más podría volver a bailar? Fue a principios de siglo, a raíz de un accidente absurdo durante el paso de un ciclón por su país tropical. La rama desgajada de una ceiba había entrado por la ventana de su cuarto y le había fracturado las dos piernas. Y treinta años más tarde, cuando se quedó completamente ciega, ¿no había continuado su carrera como si nada hubiera sucedido?

Pues así también, la noche siguiente a la del accidente del brazo, volvió a aparecer en Barcelona, esta vez, en un *Pas de Deux* de *El Lago de los Cisnes*. Y tres días más tarde, bailó *Giselle* en Milán, última escala de su gira europea.

Con ligeros cambios coreográficos, sus actuaciones seguían siendo maravillosas, y por muchos años más continuó deleitando al público con su arte inigualable.

Pero una noche, en Buenos Aires, cuando se presentaba en el Teatro Colón, la pierna izquierda se desprendió de su cuerpo. El *partenaire*, atónito, se lanzó sobre el precioso miembro y lo cubrió respetuosamente, mientras ella hacía mutis en la punta del pie derecho. Los aplausos obligaron a abrir varias veces el telón a la conmovedora escena del bailarín en postura reverente, abrazado a la pierna legendaria.

Como La Etérea se había pasado la mayor parte de su vida en punta, había desarrollado un sentido del equilibrio sobrehumano y no le fue difícil adaptarse a esta nueva adversidad.

Con mínimas variaciones, siguió interpretando los papeles clásicos de su extenso repertorio, además de nuevos ballets que fueron creados especialmente para ella. De esta época son *Rara Avis* y *El Cisne de Chernobill*, del más prominente coreógrafo de su país, estrenados durante los festivales del Congreso Mundial de Ecología, celebrado en New Delhi, en enero del año 2000.

Meses después, cuando La Cogimanca Assoluta bailaba *Electra* en el Teatro de la Moneda, ocurrió la tercera gran tragedia de su vida. Y decimos gran tragedia, pues inconvenientes menores como el de su ceguera, habían plagado siempre su prodigiosa carrera. Esta vez en Bruselas perdió el brazo izquierdo. Y unas semanas más tarde, en el Bellas Artes de México, su pierna derecha.

Ahora sólo quedaba la cabeza. La magnífica cabeza sobre su escuálido torso monjil. Y aun así, mermada, reducida a lo esencial, su presencia escénica seguía siendo cautivadora, magnética.

Ya no recorría el mundo. Baletómanos viajaban desde todos los puntos cardinales para verla en su teatro, el principal de su país, nombrado ahora en su honor. La ponían sobre un pedestal en el centro del escenario y la adornaban con los vestuarios, atuendos y decorados de sus grandes éxitos. Estos «bocetos danzarios» como se dio en llamarlos y que un periodista acertadamente calificó como «la estilización sublime de la danza: La Danza Inmóvil», siguieron arrancando aplausos frenéticos del público y elogios de la crítica mundial.

Pero una tarde, mientras se ensayaba una de esas estampas danzarias, La Eximia, La Excelsa, La Eterna, cerró los ojos, inclinó la cabeza y cayó muerta del pedestal.

La que siempre había soñado morir frente a sus admiradores, al final de una función y embriagada por el éxtasis de un último aplauso, se despidió de este mundo en un ensayo, en medio de quehaceres de tramoya y algarabía de coreógrafos y diseñadores de vestuario.

Si la muerte no había sido según sus deseos, las exequias sin lugar a dudas sí lo fueron.

Pusieron sus restos en una urna con forma de cisne y la velaron en el proscenio del Gran Teatro. En el cortejo fúnebre desfilaron junto al pueblo, príncipes, embajadores y jefes de estado. *Prima ballerinas*, solistas y corifeos en punta siguieron el féretro hasta la necrópolis.

No había habido en su país entierro de presidente, dictador o héroe que igualara al de esa diosa de la danza.

«Después de terminado el sepelio, cuando la mayor parte del público se había retirado del cementerio, vibrando todavía en el aire los últimos acordes de *La Muerte del Cisne*, un grupo de baletómanos que lloraban desconsoladamente la irreparable pérdida, poseídos de súbito por una histeria suicida, se inmolaron prendiéndose fuego».

Este último párrafo, el que relata lo ocurrido después de terminada la inhumación, es copia de lo publicado por la prensa oficial bajo el titular:

AUTOINMOLACIÓN COLECTIVA:
HOMENAJE PÓSTUMO DE BALETÓMANOS
ENLOQUECIDOS POR LA PÉRDIDA DE
NUESTRA GRAN ARTISTA

Sin embargo, varios testigos dijeron que el trágico suceso había sido consecuencia de una trifulca entre las cuatro facciones que reclamaban el cetro, el trono vacante, la zapatilla regia, para adjudicarlos a su favorita: una de las cuatro *prima ballerinas* (añosas ya ellas también) que hacía tiempo esperaban en un encarnizado *Pas de Quatre* la desaparición de La Primerísima para heredar sus privilegios.

El número de inmolados, suicidas o víctimas fue numeroso. La verdadera causa de la tragedia nunca fue plenamente esclarecida.

EL TEDIO COTIDIANO
DE LAS HORAS

A mis tías Elpidia y Rufina que son un poco Luisa.

Era la casa donde se iba a nacer y a morir. Una de las más antiguas del pueblo, estaba situada frente a un costado de la iglesia. Sus puertas y ventanas, horadadas por el comején, se deshacían como relojes de arena rotos. Vigas de maderas centenarias cruzaban el techo de altísimo puntal, creando rincones en perpetua penumbra. Grietas y pasadizos inexplicables eran guarida de murciélagos y morada de los duendes y monstruos de mi infancia.

Mi padre vivía en La Habana desde hacía varios años, pero siempre mantuvo en el pueblo aquella casa familiar: refugio temporal de tíos pobres en épocas de desempleo, y albergue permanente de parientes inútiles y primos huérfanos.

Mi madre murió treinta días después de mi naci-miento. Su hermana menor, que había entrado de novicia en un convento, salió para ocuparse de mi crianza. Tía Luisa siguió vestida de monja por mucho tiempo. Sólo cuando las posibilidades de volver al claustro o sus deseos de hacerlo fueron disminuyendo, empezó a despojarse de sus hábitos poco a poco.

Pero mis recuerdos son de unos años más tarde, cuando mi padre vino también a morir a la vieja casa. Recuerdos que se ordenan como las horas de un día. Un solo día, largo, triste, infinito.

En ese pueblo, donde la altura se medía en cam-panarios y con párrocos los años, la cercanía de la iglesia pautaba nuestros días con un rigor conventual.

Me despertaban el repique de las campanas, los pregones callejeros y un olor a leche hervida y café recalentado que invadía toda la casa.

El día comenzaba con una visita a la habitación de mi padre. Él estaba ya muy enfermo. Casi nunca me hablaba. Me sonreía desde su cama y volvía a cerrar los ojos.

Después, sobre un mantel con manchas húmedas de café con leche y áspero de migajas, yo era el último en desayunar.

A esa hora regresaba mi tía del mercado. Iba poniendo sobre la mesa huesos y carne para la sopa, viandas y verduras. Más tarde compraba pescados y pollos que los vendedores traían a nuestra puerta; apretaba ojos verificando frescura y palpaba pechugas hasta encontrar masa suficiente. Luego de disponer lo que se iba a cocinar, se retiraba a su habitación a rezar.

Terminado el almuerzo, mis hermanas volvían al colegio, la cocinera se iba a su casa por unas horas y mi tía se encerraba de nuevo en su cuarto con sus imágenes y sus rezos.

Entornadas las persianas, la casa se sumía en un tibio letargo, violado solamente por las breves campanadas de la hora y por el dardo silencioso del programa del cine que entraba por un postigo de la enorme ventana de la sala.

Por la tarde, mis hermanas me llevaban un rato al parque hasta la hora de la comida.

Después de comer era la hora de los mosquiteros. Todas las mujeres de la casa se ayudaban unas a otras en un fascinante quehacer de arañas. A las habitaciones les iban creciendo formas nuevas, geométricas y blancas.

Era también la hora de los murciélagos. Despertaban al caer la tarde y salían de sus guaridas para ir a pasar la noche merodeando por los campos cercanos.

A las siete mi tía se iba para la iglesia. La casa, libre ya de murciélagos, se volvía oscura y silenciosa, mientras el reloj de la iglesia seguía multiplicando horas y campanas.

Una noche fue diferente. No se pusieron los mosquiteros, mis hermanas no fueron al parque, ni tía Luisa fue al rosario. Sólo los murciélagos salieron a la hora acostumbrada.

Mi hermana mayor me tomó de la mano y salimos.

—Esta noche vas a dormir en casa de Lola.

Lola era la esposa de Virgilio, un hermano de papá.

Al día siguiente me despertaron muy temprano. La mañana estaba fría y lluviosa.

—Huele a mar —dijo Lola, al tiempo que abría el paraguas negro.

Un olor a guayabas, dulce, empalagoso, proveniente de la fábrica de conservas era el aliento normal del pueblo. Sólo a veces, en verano, si un aguacero caía en los campos cercanos, el aroma fresco de la tierra mojada se adueñaba del aire por unas horas; o en invierno, cuando el olor del mar llegaba en las brisas del norte, hordas de cangrejos invadían las calles y esparcían su fetidez por todas partes: surgían de caños y canales, trepaban por las paredes, caminaban a su antojo por aceras y tejados, cubrían de carapachos crujientes la carreteras y morían triturados por las ruedas de los carros. Ésta era la época, el frío comenzaba. La mañana era viscosa, de marisma, de cangrejos, de charcos.

Caminábamos bajo la lluvia. Con las siete de la mañana bajó del campanario una bandada gris de palomas y gorriones que llenaron de gorgeos los árboles del parque.

La puerta de la calle y la gran ventana de la sala estaban abiertas de par en par. Habían quitado los muebles y puesto sillas a lo largo de las paredes. En una esquina, junto a tía Luisa, mis hermanas lloraban. Estaban vestidas de negro. Hacía tiempo que la muerte venía planeando su liturgia. Días antes, había convocado a la comisionista, que acudió solícita y pródiga en lutos. Después, toda la semana, Luisa estuvo haciendo vestidos negros.

Lola se sentó junto a mis hermanas.

Tía Luisa me condujo al cuarto de mi padre y me dijo que le diera un beso en la frente.

Al poco rato, Lola me llevó de nuevo para su casa, donde me quedé a dormir también esa noche.

La mañana siguiente, cuando regresamos, la casa estaba vacía. En la sala sin muebles había restos de flores por el piso.

«Están doblando», había oído decir cada vez que sonaban de ese modo las campanas. Y doblando estuvieron por un rato. Después callaron.

Más tarde, en el silencio y al calor del mediodía, recobró el campanario el tedio cotidiano de las horas.

LAS PRIMAS DE LA NOCHE

Y a estaban en la casa cuando vinimos a vivir al pueblo. Las dos eran maestras y se iban muy temprano para sus escuelas. Sólo las veía por las noches y los fines de semana.

Rita, la mayor, tenía más de cuarenta años. Era alta, esbelta y hasta podría decirse que bonita, pero irradiaba una severidad que imponía respeto. Estaba siempre seria y callada, y en las raras ocasiones en que sonreía, sus grandes ojos negros permanecían inmutablemente tristes. Fugaz, imperceptible casi, un destello de coquetería iluminaba su rostro cuando conversaba con algún hombre. Se comentaba que antes de venir nosotros a vivir al pueblo, había estado enamorada de un cura. Pero en esos años de mi niñez,

Rita sólo se dedicaba a su escuela, y su único entretenimiento consistía en ir al cine todas las noches.

Rosa, cinco años más joven que su hermana, era la amante de uno de los jueces del pueblo, casado y veinticinco años mayor que ella. Todo el mundo los criticaba. Sus únicos cómplices éramos su hermana y yo. Rita, por sus pecados de juventud; yo, porque el juez me obsequiaba con golosinas y refrescos.

Después de comer, mi tía se iba para la iglesia y mis primas se sentaban frente a la gran ventana de la sala. Rita, esperando que abrieran el cine. Rosa, la aparición de su amante para ir a reunirse con él en una de las esquinas de la iglesia. Casi siempre me llevaba con ella, y después de un rato, me hacía regresar a la casa antes de que mi tía volviera del rosario.

A mis hermanas les habían prohibido acercarse a los adúlteros. Yo, que había escuchado la orden, sabía que participaba de un ritual secreto y misterioso y le oculté siempre a Luisa mi complicidad con los amantes.

La esquina prohibida olía a naranjas. Un vendedor ambulante estacionaba allí su carrito todas las noches. Tras el cristal helado, las naranjas desnudas formaban una pirámide perfecta, mientras una madeja fragante de cáscaras enroscadas se amontonaba a los pies del naranjero.

En esa esquina envejecieron los amantes. Viendo noviazgos en el parque y bodas en la iglesia. Viendo parrandas y procesiones. Y vieron también una noche morir al naranjero. Y a los pocos días vieron al hijo ocupar su lugar.

Y sucedió que ese amor clandestino perfumado de naranjas, ese matrimonio extramuros, duró más que otros celebrados dentro de la iglesia.

El juez era ya muy viejo cuando enviudó. Lo primero que hizo después de enterrar a su esposa, fue comenzar los trámites para legalizar su unión con Rosa. A los pocos meses se casaron y decidieron que él viniera a vivir con mis primas, que eran entonces las únicas ocupantes de la vieja casa.

Pero si largo fue el adulterio, muy poco duró el matrimonio: seis meses después de efectuado, el juez murió.

Rosa dedicó el resto de su vida a atender la senilidad de Rita, que pasó sus últimos años imaginando curas; en el techo, asomados por postigos y persianas, o metidos en su cama. A veces los complacía desnudándose; otras, cerraba la ventana gritándoles insultos.

Por muchos años siguieron las dos hermanas sentándose al anochecer frente a la gran ventana. Como antes, como siempre. Al dueño del cine, Rita, sin reconocerlo, sin saber por qué, lo seguía con la mirada. Rosa continuaba yendo todas las noches a la esquina de la iglesia, ahora sólo por un momento a comprar naranjas. Luego se acostaban. Dentro de los mosquiteros, ajenas ya a todo, solas, como crisálidas sin sueños, trataban de dormir su frágil sueño.

Rita fue la primera en morir. Tres años después murió Rosa.

La casa, carcomida por el tiempo y el comején, fue clausurada; unos meses después, demolida. Y cuentan que ese día, miles de murciélagos salieron de los escombros llenando el pueblo de aleteos y chillidos negros.

LA BOBA

Después de almuerzo, mis hermanas volvían al colegio, la cocinera se iba a su casa por unas horas y mi tía, rosario en mano, dormitaba en un sillón de su cuarto.

Era mi hora favorita. Solo, y dueño de una libertad inusual, salía al patio en busca de aventuras.

La vieja casa me abrumaba, sobre todo el techo siempre en penumbras. Afuera todo era radiante y alegre. Subido en la mata de aguacate podía cambiar a mi antojo el perfil de las cosas. Las tejas se convertían en un enorme rompecabezas, interrumpido sólo por chimeneas y tubos de ventilación. Las canales de desagüe se abrían en surcos relumbrantes a lo largo de los aleros y más allá, la torre de la iglesia, en un vértigo azul de nubes, parecía deslizarse por el cielo. Las ramas del árbol, como senderos mágicos, me iban descubriendo mundos nuevos: en una horqueta, un nido de picos abiertos; más allá, en uno aparentemente abandonado, tres huevecillos grises; otros, compactos y verdes, goteaban sólidos de las ramas y, día a día, los veía crecer ensanchándose poco a poco en la base. Y con el tiempo, lo que una vez apretara yo entre mis dedos como una canica, no me alcanzaba ya la mano para abarcar su redondez. Acariciaba entonces la piel verde y lustrosa del fruto hecho, tan brillante, que parecía recién barnizada.

Una tarde subí muy alto, sobrepasando la altura de la tapia que separaba la casa vecina. Su patio era similar al nuestro. En el centro había un pozo en aparente desuso; la frondosidad de una enredadera desdibujaba su contorno. Junto a él, una mujer gorda se mecía incesantemente. Pude distinguir su cara llena de vellos. La boca, de una mueca grotesca, se transformaba en una sonrisa insulsa sin otro motivo que el monótono vaivén del sillón.

Desde ese día no me entretuve más en frutas, nidos ni celajes. Subía a las ramas más altas y, escondido en el follaje, me pasaba largo rato presenciando ese insólito espectáculo: un ser humano diferente que hablaba un idioma desconocido.

La boba era la tercera de las hermanas Hidalgo. No la sacaban nunca a la calle. Cuando recibían visita la encerraban en su habitación. Pocos en el pueblo sabían de su existencia. Algunos recordaban haberla visto envuelta en una sábana la noche del fuego que destruyó la fábrica de tabacos cercana, cuando todos los vecinos evacuaron sus casas.

La única manifestación física de su existencia era una voz gutural que se filtraba por paredes y patios colindantes, y que los vecinos oían con la indiferencia con que se oyen cacareos o ladridos de vecindad.

Una tarde, cuando jugaba con mis hermanas junto a la gran ventana de la sala, las Hidalgo se detuvieron frente a la misma. Como hacía poco tiempo que habíamos venido a vivir al pueblo, las vecinas se identificaron.

—Yo soy Esther Hidalgo y ella es Úrsula, vivimos en la casa de al lado.

Mi hermana mayor les dijo nuestros nombres y agregó: —Tenemos otro hermano, pero está estudiando en la Habana.

—Pues en casa somos tres, mi hermano Higinio y nosotras dos —contestó Úrsula.

Entonces yo, con la naturalidad que confiere la inocencia, pregunté:

—¿Y a la boba no la cuentan?

Las Hidalgo desaparecieron. Mis hermanas se quedaron atónitas. Después me regañaron. Más tarde le contaron a tía Luisa lo sucedido y después, a todas sus amigas.

La historia, de tanto repetirse, adquirió título: «El cuento de la boba»; y la pregunta del niño devino refrán que con el paso del tiempo llegó a formar parte del lenguaje familiar. Cuando alguien no era invitado a un paseo a una fiesta o a un pedazo de pastel, el excluido invariablemente repetía: «¿Y a la boba no la cuentan?»

Cuando pasaron los años, el que la dijo no sabía si lo que recordaba era la frase o lo que le habían contado. Lo que sí no olvidó nunca fue a la boba y el cuento de la boba.

LA SALIDA

Oyó pasos en la escalera. Apartó la vista del libro y esperó atento.

Un tintineo de llaves y una puerta que se abrió para cerrarse de nuevo interrumpió la ansiedad que lo embargaba desde hacía tiempo.

Cuántas veces había experimentado el mismo sobresalto en esos meses de encierro. Y después de todo, quizá no sucedería así, sino al amanecer, o mientras se bañara, en ese momento impreciso en que el milagro del agua llegaba a su apartamento.

Decidió no preocuparse más y seguir leyendo. Abrió el libro donde había metido el pulgar como marcador. En el extremo de la página quedó la huella húmeda del dedo. Apenas leídas unas líneas, sintió sed. Se levantó del sofá donde estaba acostado y fue a la cocina. Abrió la llave, pero un sonido gaseoso le anunció que ya no había agua. Se sirvió entonces de una jarra que rellenaba cada mañana.

Junto a la cocina había un patiecito en el que sólo cabía una persona de pie. Era el lugar menos caluroso del apartamento. Permaneció acodado al muro mirando las ropas tendidas en un cordel. Por ese cajón de aire subían desde temprano hasta bien entrada la noche, olores de comida, voces que súbitamente se convertían en gritos, llantos de niños; todo mezclado con canciones de moda, discursos interminables, consignas y arengas de campañas revolucionarias.

La angustia que lo atormentaba desde que había decidido abandonar el país volvió a apoderarse de él. Pensó en los trámites y obstáculos a salvar: ciento cuarenta y cinco mil núcleos familiares numerados hasta la fecha con un promedio de cuatro miembros cada uno, lo que equivalía a más de medio millón de personas en turno. Había que sumar los que pertenecían a otras clasificaciones: ciudadanos españoles y ex-presos políticos, y dividir el total entre los cuatro mil que salían cada mes. Se calculaba que duraría muchísimos años ese éxodo, sin que el que esperaba pudiera comprobar si su expediente estaba vigente, o si había sido extraviado o deliberadamente destruido.

Y aparte de esa zozobra, los riesgos a que estaban expuestos los aspirantes al exilio, los cuales habían sido cesanteados por «traidores» y «apátridas» y luego denominados lacras sociales, con el fin de enviarlos a la UMAP o al SMO, siglas que disimulaban su verdadero propósito de campos de concentración y trabajos forzados: castigos que servían a la vez de arma disuasiva ante la avalancha de emigrantes.

Volvió a la sala envuelto en estas reflexiones. Las paredes y el techo vaciaban su calor en la pequeña habitación. Tomó un sobre amarillo de encima de la cómoda y revisó cuidadosamente su contenido. Hojeó el pasaporte hasta la página donde aparecía la visa de España. Sólo faltaba recibir el telegrama que le asignaba la salida, después, el inventario y, por último, comprar el pasaje.

Se acercó al sofá, palpó la oscura mancha húmeda que dejara su espalda en el tapiz y se tendió en el lado opuesto, depositando otra vez su esperanza en la aldaba de la puerta.

La brisa proveniente del patiecito se quemaba al llegar a la sala. Lacerantes agujas de sol le extraían diminutos chorros de sudor. Las voces y la música del piso de abajo, mezcladas con las bocinas de los automóviles y con el persistente y lejano llanto de un niño abrumaban sus sentidos.

La línea de luz avanzó sobre su cuerpo. Lo inundó un sopor asfixiante.

La presidenta del Comité de Vigilancia de su cuadra y el funcionario del Ministerio del Interior estaban en ese momento inspeccionando una pared. La mujer señaló un clavo y miró inquisitivamente a su compañero.

—¿Y lo que había ahí colgado? —preguntó el funcionario.

Sin esperar respuesta hizo unas anotaciones en la planilla que tenía sobre su carpeta.

La del comité había descolgado un tapiz de la pared de enfrente descubriendo un enorme boquete.

—Ah, conque aire acondicionado también —dijo el hombre levantando la vista.

La mujer, después de registrar todos los muebles de la sala, se dirigió al cuarto para inventariar la ropa.

El hombre seguía anotando en la planilla.

—Vamos a ver, ¿le gusta el cine?

—Sí.

—¿Qué tipo de películas?

—Bueno, las de antes.

—¿Qué periódicos lee?

—Todos, me gusta mucho leer periódicos.

—¿Los de afuera también?

—Bueno, imagínese… los de afuera no…

—Así que prefiere los del país.

–¿Le gusta la música?

–Sí.

–¿Música americana? ¿Algún himno en particular?

La mujer del comité gritó desde el cuarto:

–Pero, compañero, aquí no hay ningún radio.

El del Ministerio, sonriendo, asintió con un movimiento de cabeza y anotó.

Entonces, guardando los papeles en la carpeta, dijo como si leyera un párrafo de la Gaceta Oficial:

–A reserva de que en el momento oportuno usted devuelva los objetos substraídos al patrimonio nacional, así como también los ingresos que por concepto de sueldos u otros emolumentos haya recibido del estado desde que engendró en su mente la idea de abandonar el país, vamos a procesar ahora su permiso de salida.

–Enséñeme primero los documentos reglamentarios. Y acentuando cada palabra, se desbordó como en una letanía: –pasaporte, visa, comprobante de cambio de divisas, recibos de alquiler, de la electricidad y del gas, contrato de la Reforma Urbana, certificados de nacimiento, de vacunación y de defunción de sus padres, cuentas bancarias, libreta de racionamiento, notas y títulos escolares...

En ese momento, la del comité, armada de un pequeño martillo, golpeaba la pared tratando de descubrir algún objeto tapiado ta-ta-ta. Era un ruido metálico y penetrante ta-ta-ta, que iba rompiendo los velos del sueño. Súbitamente desaparecieron el funcionario y la mujer y sólo quedó la atmósfera caldeada y el ruido de la aldaba sobre el picaporte.

Miró por la mirilla. Abrió. Un hombre le entregó un telegrama.

Preséntese veintidós agosto tres pm Cinódromo Marianao para formalizar su ingreso en el Servicio Militar Obligatorio.

Todavía tenía el telegrama en la mano cuando levantaron el cuerpo del pavimento.

TITULAR

DICTADOR CUBANO AUTORIZA
LA NAVIDAD, SE RUMORA QUE
EL AÑO PRÓXIMO AUTORIZARÁ
EL DESCUBRIMIENTO
DE AMÉRICA

OTROS TITULARES

PARTEN HOY HACIA CUBA 187 PARALÍTICOS ARGENTINOS ATRAÍDOS POR LOS GRANDES ADELANTOS DE ESE PAÍS EN EL CAMPO DE LA ORTOPEDIA

(*La Nación*, Buenos Aires, 11/10/98)

HERMOSO GESTO DE SOLIDARIDAD: LOS 187 PARALÍTICOS ARGENTINOS QUE LLEGARON AYER A NUESTRO PAÍS DEMOSTRARON SU FE EN LOS ADELANTOS MÉDICOS DE LA REVOLUCIÓN DONANDO SUS PRÓTESIS Y MULETAS A 187 PARALÍTICOS CUBANOS

(*Granma*, La Habana, 11/12/98)

REPORTA LA OFICINA DE INMIGRACIÓN DE MIAMI QUE EN LAS ÚLTIMAS SEMANAS HAN LLEGADO A LAS COSTAS DE LA FLORIDA MÁS DE CIEN BALSEROS CUBANOS PARALÍTICOS CON REMOS HECHOS DE PRÓTESIS Y MULETAS

(*El Nuevo Herald*, Miami, 12/20/98)

EL REGRESO

Sólo una cosa no hay. Es el olvido.

Jorge Luis **Borges**

Regresaron. Después de cuatro décadas regresaron. Cautelosos, titubeantes, como pidiendo permiso en patio ajeno, se fueron adentrando en el pasado.

Detrás de los postigos, ojos recelosos espiaban en silencio.

De vez en cuando, nombres de un santoral desconocido, llamaban a niños harapientos que habían salido a ver el errabundo deambular de forasteros.

El camino al cementerio era el más transitado.

Andando entre las tumbas, los recién llegados trataban de descifrar las inscripciones semi borradas de las lápidas, para acabar llorando a sus antepasados frente al osario común.

Después, volvieron a vagar por las calles del pueblo, desorientados, perdidos, cotejando memorias en una casa derruida, un muro, una cornisa o cualquier sombra que presumieran familiar.

Cuando se decidieron a hablar con los nativos, se dieron cuenta de su error: habían desembarcado en otra isla.

NI SIQUIERA
UN HECHO INSÓLITO

Después de un recorrido por el Peloponeso, a Porfirio Cuesta le quedaban tres días libres. En una agencia de viajes le sugirieron Rodas, y ese mismo día, en la tarde, tarde, tomó un barco en El Pireo para una travesía solitaria y nocturna por el Mar Egeo.

Toda la noche vio pasar islas, y temprano en la mañana desembarcó en Rodas.

Fue directamente al hotel Chevaliers Plaza donde tenía reservada una habitación: número 813, octavo piso.

Después de bañarse, envuelto en una toalla, salió a la terraza. Era tan agradable el sol mañanero que decidió quedarse un rato contemplando el paisaje. Cerró la puerta de cristal corrediza para no dejar escapar el aire acondicionado, y enseguida se percató de que era imposible abrirla desde afuera.

Cuando en el transcurso de una hora no vio a nadie en las terrazas vecinas, comenzó a inquietarse. Tres horas más tarde, consideró que tendría que cancelar muchos de los planes que había hecho para su único día en Rodas. La situación era especialmente embarazosa para él ya que se vería precisado a llamar la atención, cosa ajena por completo a su personalidad. Agitar la toalla le pareció lo más apropiado, pero nadie en la calle lo notó. Agregó tragedia a su desgracia cuando accidentalmente dejó caer su bandera de auxilio, sin que ni siquiera lograra una mirada salvadora.

Ahora, su único recurso era gritar, pero no recordaba haberlo hecho nunca en su vida adulta. Además, estaba en Rodas, en un octavo piso, desnudo, y no sabía una sola palabra de griego. Tendría que practicar. Comenzó a emitir unos gritos sobrios, esporádicos, que no llegaron a ningún lado. Al fin, después de varios intentos, la voz llegó a la calle. Una mujer y un hombre levantaron la vista, pero en el momento en que Porfirio se disponía a hacer con las manos la señal con que pensaba describir su encierro, el hombre hizo un gesto obsceno y le gritó algo en griego.

En lo adelante, para evitar malentendidos, se dirigió solamente a peatones masculinos, de edad y aspecto adecuados. Pero no tuvo éxito.

Había sufrido ya siete horas de encierro. El sol comenzaba a bajar. Cansado y hambriento, se tendió en un rincón y se durmió.

Al día siguiente, la muchacha de la limpieza lo encontró allí tendido, y sin decir una palabra, abrió la puerta de la terrraza y salió de la habitación.

Después de pagar su cuenta, Porfirio pidió hablar con el administrador del hotel. Cuando terminó de contarle el percance, el hombre, sin inmutarse, sin disculparse siquiera, le contestó:

–Eso ocurre aquí con mucha frecuencia.

En el avión, de regreso a Atenas, Porfirio Cuesta se sintió muy contrariado. Después de surcar un mar legendario y de haber quedado encerrado veinticuatro horas en una isla mitológica, no sólo no podría decir que había sido protagonista de una odisea, pero ni siquiera, que había sido víctima de un hecho insólito.

A BUEN PENITENTE
MEJOR CONFESOR

Era su primer pecado de carne compartido, rápido, furtivo; pero pecado al fin, de los mortales, de esos que hay que confesar arrepentido.

No se atrevía. Había dejado pasar delante a todos en la fila. Ahora sólo quedaba él.

—Me da pena, padre.

—Vamos, hijo, que es tarde, date prisa.

—No sé cómo empezar.

—Cosas malas seguro.

—Sí, padre, pero... ¿Cómo decirlo? A medias, sólo a medias.

—¿Cómo a medias? Acaba de una vez.

—De pie, padre, detrás de una mampara y a hurtadillas.—¿Y qué más?

—Nada más, eso fue todo: de pie, rápido y vestido.

—Mira, hijo, el pecado es igual y el castigo es el mismo. Si haz de hacerlo hazlo bien: acostado es más... cómodo, más... normal, ¿cómo decirlo?, más... púdico, más... íntimo.

Ya en la calle, no pudo precisar el número de padrenuestros y avemarías que le había impuesto el confesor. Por si acaso, rezaría un rosario completo.

DILUVIO

Hace meses que no para de llover, hay inundaciones en todo el mundo y los medios de transporte están paralizados.

En las aguas, que ya arrastran restos de casas y animales muertos, han comenzado a flotar cadáveres.

Ayer anunciaron que nunca cesaría la lluvia.

Hoy ya nadie pregunta cuándo va a dejar de llover. Muy pronto ya no habrá quien se queje más de la lluvia.

(NOTA ENCONTRADA POR UN HIMALAYO EN UNA BOTELLA FLOTANTE. COMO NO LA SUPO LEER, LA TIRÓ DE NUEVO AL AGUA Y, BAJO UN INCESANTE AGUACERO, SIGUIÓ REMANDO)

CERRADO POR REFORMAS

D espertó a la hora acostumbrada: lo podía ver en la esfera luminosa del reloj pulsera. Sin embargo, estaba muy oscuro.

Desde hacía varios meses el anciano dormía en un rincón del edifico abandonado, en una especie de clóset que antes ocupara un equipo de aire acondicionado.

Solía despertar en la semi claridad que entraba por las rendijas de las tablas que tapiaban el salón donde se encontraba su refugio nocturno.

Pero esa mañana, en medio de una oscuridad y un calor inusitados, vio sólo un haz de luz en lo alto del estrecho recinto.

Cuando iba a asomarse por donde entraba el resplandor, un ladrillo se encajó en la abertura y el haz se redujo a un contorno luminoso, imperceptible casi, el cual empezó a desaparecer a medida que desde afuera iban sellando los resquicios.

Entonces volvió a acostarse. Y estuvo así un tiempo viendo la oscuridad, una oscuridad absoluta como no había visto nunca antes.

Después ya no la vio más, nunca más.

LO QUE PUEDE SUCEDER

Muy temprano, el mismo día que se inició la venta, don Augusto fue a la tabaquería de la esquina a comprar su *lotto*.

La noche anterior había marcado en el boleto dos fechas de nacimiento: la suya y la del frustrado amor de su vida. Estaba seguro de que combinando esos números iba a ganar. ¿No decían que el desgraciado en amores era afortunado en el juego?

Guardó cuidadosamente la *lotto* en su billetera, y en un sobre, el boleto marcado para usarlo de nuevo en caso de que no acertara en ese primer intento. Después, apoyando sus setenta y dos años y su artritis en la firmeza de su esperanza y de su bastón, regresó a su casa.

Desde ese día, cada semana, religiosamente, don Augusto actualizaba su participación en el siguiente sorteo y renovaba esperanzado su inconmovible fe.

—El día que gane, me compro un piso en Madrid y vengo cada cinco años a Estados Unidos para no perder la residencia —le había dicho una vez a Antonio, el dueño de la tabaquería donde compraba su *lotto*.

—Con esos millones y a su edad, qué le van a estar preocupando a usted residencias ni ciudadanías.

—Pero Antonio, recuerde que el premio no lo pagan todo de una vez, sino en veinte años.

—Por eso mismo, en veinte años no se sabe lo que puede suceder —contestó Antonio.

Y pasaron veinte años sin que sucedieran, ni el premio que esperaba don Augusto, ni los lúgubres vaticinios de Antonio. Y continuó don Augusto jugando cada semana los mismos números, el mismo día, a la misma hora y en el mismo lugar.

Una mañana, Antonio recibió a su fiel cliente con una gran sonrisa.

—Buenas noticias, don Augusto. Desde el próximo sorteo hay la opción de cobrar todo el premio de una vez. Eso sí, le descuentan una barbaridad de impuestos.

—No, no, yo: mi piso en Madrid y que me paguen cada año.

–Pero don Augusto, mire que en ese tiempo no se sabe lo que puede suceder y a su edad...

–Lo mismo me dijo usted hace veinte años. ¿Sabe la tranquilidad que da saber que año tras año va uno a recibir esa cantidad de dinero, sin preocuparse de inversiones ni quiebra de bancos? ¿Se imagina la vida que me voy a dar?

Una mañana, don Augusto esperó en vano a que abriera la tabaquería. Después, fue a sentarse en un banco del parque cercano.

Más tarde, antes de regresar a su casa volvió a pasar por el lugar, pero lo encontró todavía cerrado.

–Tenía que ser hoy, precisamente hoy –pensó.

Como faltaban varios días para el próximo sorteo decidió esperar, aunque se sentía muy contrariado, pues creía en la armoniosa correlación de factores en las cosas del azar. Y este imprevisto trastocaba por completo su ritual.

Dos días después, vio al fin abiertas las puertas de la tabaquería. Un desconocido estaba detrás del mostrador. El hombre le dijo que Antonio había muerto repentinamente. Muy apenado, no dejó don Augusto de comprar su *lotto* ese día. Y, cada vez menos apenado, siguió comprándola cada semana.

Pero una nueva preocupación que llegó a desvelarlo algunas noches lo agobiaba: dudaba ahora si debía cobrar el premio a plazos, comprarse el piso en

Madrid y viajar cada cinco años a Estados Unidos para revalidar su residencia, o cobrarlo todo de una vez e irse a vivir definitivamente a España.

Porque después de todo, como le había dicho Antonio muchas veces, no se sabe nunca lo que puede suceder.

UNA COSTUMBRE HORRENDA

—A la derecha, la estatua del primer gobernador del país, don Arcadio Islas. Fue tan cruel ese hombre, que todos los años en el día de la raza, el gobierno autoriza un masivo acto de repudio. Desde temprano, bajan de la sierra cientos de indios y acribillan el monumento con huevos podridos, boñigas de burro y otras suciedades.

—Uno de los tormentos con que don Arcadio martirizaba a los indígenas era el de «la puya». Sentaba al pobre indio en una puya de alerce y hacía que dos soldados lo empujaran por los hombros hasta que el infeliz moría desangrado en sus excrementos.

Los turistas, compungidos, dejaron escapar exclamaciones de horror.

El guía, descendiente de aquella raza oprimida, relataba siempre la tortura con sádico dramatismo, y se complacía cuando sus palabras lograban horrorizar a los viajeros.

El pequeño autobús siguió recorriendo lugares de interés en esa remota capital de provincia, enclavada en medio de la selva.

Al final del recorrido, el guía-chofer dio a conocer el programa del próximo día: la excursión a una aldea india donde hasta hacía poco tiempo se practicaba aún el canibalismo.

Los turistas, asombrados, se miraron unos a otros.

—El almuerzo está incluido en el precio de la excursión —anunció el guía.

—Pero no se alarmen, sólo se servirá carne de pollo o de res —agregó riendo.

Los turistas dieron rienda suelta a sus carcajadas.

El día siguiente, después de varias horas de recorrer caminos recién abiertos a machete, llegaron a una aldea junto al gran río de aguas color café que daba nombre a la región.

El guía informó que el almuerzo se serviría dentro de media hora en una glorieta hecha con hojas de palma, donde ya se veían varios indios preparando las mesas.

La aldea era en extremo rústica. Había sido acondicionada recientemente para recibir turistas y ofrecía mínimas, pero adecuadas comodidades: veredas empedradas, venta de objetos de artesanía y unos primitivos servicios sanitarios.

El almuerzo fue mejor de lo que podía esperarse en un lugar tan agreste. Ni siquiera se extrañó la falta de refrigeración, ya que el guía había traído neveras, y los turistas, advertidos de antemano, sus propias bebidas.

Después de comer hubo paseos en canoa y tiempo libre para admirar la exuberante flora de las orillas del río.

Fue sólo al subir al autobús para el viaje de regreso que noté la falta de mi vecina de asiento, una maestra de Boston, muy fina y reservada.

Notifiqué su ausencia al guía, que en ese momento eructaba sonoramente.

–Oh, no se preocupe. Casi siempre sucede que alguien, fascinado por esta cultura primitiva, decide quedarse para estudiar más a fondo sus costumbres.

Con el monótono verdor del paisaje, los turistas se fueron quedando dormidos poco a poco. Sólo yo me mantenía despierto y, por supuesto, el guía, que de vez en cuando sonreía burlón en el espejo retrovisor mientras se hurgaba los dientes con un palillo.

A mí eso siempre me ha parecido una costumbre horrenda.

Seguramente que a la maestra de Boston, de haber podido verlo, también le hubiera parecido repugnante.

LA TEORÍA BINARIA

El 10 de diciembre de 1948, en Santa Ana, California, el poeta y filósofo chino Sin Mie (Pekín, 1920-Chula Vista, 1988) explicó por primera vez su «Teoría Binaria».

La teoría establece que todo acontecer procura, por mecanismos aún no determinados, su repetición. Esta eventual clonación de un hecho, no necesariamente concomitante, fue demostrada por el filósofo con infinidad de ejemplos. Desde sucesos intrascendentes, como la aparición repetida de expresiones idiomáticas raras o arcaicas en textos diversos, hasta la ocurrencia de dos accidentes ferroviarios en el mismo mes.

Pocas semanas después, el profesor uruguayo Bernardo Marqués (Paysandú, 1916-San Francisco,

1988), desde su cátedra de filosofía de la Universidad de Montevideo, expuso una teoría similar a la de Sin Mie y la llamó «Aconteceres Recurrentes».

La casi simultánea divulgación de ambas teorías ratificó lo que independientemente postulaban: dos sucesos análogos, que al suceder, lo hacen sólo con el fin de repetirse.

El 14 de abril de 1988, Bernardo Marqués murió en San Francisco, California (*a passer-by victim*: así lo reportó el *San Francisco Chronicle*), en un tiroteo entre dos pandillas rivales del barrio chino de esa ciudad.

Tres semanas después, el 4 de mayo del mismo año, Sin Mie, el filósofo chino que primero definiera la «Teoría Binaria», se suicidó disparándose un tiro en la sien.

LA ENTREVISTA

—Gracias por recibirme. ¿Podría disponer de unos minutos para entrevistarlo?

—Sí, hijo mío, el tiempo que sea necesario, tengo toda la eternidad.

—Pero yo no, así que seré breve.

—Como quieras.

—Primeramente, ¿cómo prefiere ser nombrado? En el lugar donde vivo lo llaman de diversas maneras: Jehová, Cristo, Jesús, Alá, Gran Arquitecto y muchos nombres más.

—Ya lo dijo hace tiempo uno de tus coterráneos: «What's in a name?»; aunque el último que mencionaste es el que más me agrada.

—Pues ése es el que menos me gusta.

—¿Por qué?

—Porque «Gran Arquitecto» es definitivamente inapropiado. Lo de «gran» estaría bien si se refiriera solamente a la vastedad de su obra, pero como ese adjetivo tiene también otras connotaciones, como la de excelente y perfecto, no debe aplicarse al creador de un mundo que deja tanto que desear.

—¿Cómo osas decir tal cosa? ¿No te basta contemplarte, pensar en el milagro de tu nacimiento, la magnitud del intelecto humano, la variedad de los seres que te rodean?

—Precisamente, por pensar en todo eso he llegado a la conclusión de que a usted no se le debe nombrar así.

—¡Insolente! ¿Cómo te atreves a hablarme de ese modo? Si existes es sólo por mi voluntad. Podría no haberte creado. Deberías al menos agradecerme la existencia.

—¡Qué necesidad han tenido siempre los dioses de agradecimiento y adoración! Pues no, no se lo agradezco.

—¿Sabes que podría hacerte desaparecer ahora mismo?

—Ahora mismo o después: ¿qué diferencia hay? Tal parece que sólo para eso nos creó, para entretenerse un rato y después desaparecernos. ¿Tanto le aburría el incesante aletear de los arcángeles y la perenne lozanía de los querubines? ¿Precisaba de otros seres para ser feliz? Nosotros no le pedimos que nos creara. Nunca hubiéramos aceptado ser peones de su capricho, ni partícipes en su lotería de premios y castigos.

–¿Así que ni el haber nacido me agradeces?

–¿Cómo agradecerle lo que no es más que el preámbulo de la muerte? Además, nacer es un acto tan brutal y primitivo.

–Veo que no te conmueve el milagro de la concepción, las maravillas de la naturaleza, ni la armonía del universo.

–La armonía del universo sí. Y me conmueve también, pero con horror, la vocación destructiva de la naturaleza: la crueldad de las fieras que se comen unas a otras, la ambición del hombre que desde el comienzo ha tratado de aniquilar a su prójimo, la osadía del gusano que devora lo creado a vuestra imagen y semejanza.

–La religión te enseña que hay misterios que no debes indagar. Para eso existe la fe.

–¿Religión? ¿Cómo saber cúal es la verdadera? Son tantas. Cada una con su verdad, su fanatismo, sus cruzadas, sus crímenes.

–Cada ser tiene su propio concepto del creador. Y la fe suple lo que su limitada inteligencia oculta. Tu religión tiene textos antiquísimos que explican el propósito de la vida, el bien, el mal, la eternidad.

–Mi religión inventa dogmas, anuncia castigos, pero no explica nada. Y los libros de que habla son engendro de la imaginación de su tribu favorita y están llenos de amenazas, prohibiciones y castigos.

–Y también de perdón, amor, redención.

–Amor, que no es más que el justo y natural sentimiento del creador por sus criaturas. Perdón de unos pecados que usted mismo inventó. Redención que no requería un drama tan terrible. ¿Por qué en vez de redimirnos por decreto divino, tuvo que convertirse en hombre, seducir a una pobre mujer, la cual no sabe todavía si es su madre, su esposa o su hija, y además, urdir una trama tan sangrienta y dolorosa?

–Fue lo necesario para satisfacer la mentalidad humana.

–¿Por qué nunca nos ha hablado con claridad? Siempre con rodeos, con tapujos, por medio de parábolas o a través de profetas y emisarios. Su madre igual. Cuando aparece, lo hace secretamente a pastorcillos analfabetos o a monjas histéricas. Y cuando se manifiesta en público, escenifica un sutil acto de presdigitación: su rostro dibujado en un follaje, un resplandor detrás de una nube, un perfil en la transparencia de un cristal, un misterioso olor a rosas. Nunca en forma diáfana y precisa. Revelaciones parciales, mensajes a plazos, enigmas inexcrutables.

–Me estás agotando la paciencia.

—¿No dijo que tenía todo el tiempo del mundo?

—El tiempo sí, la paciencia no.

—Entonces será mejor que terminemos esta entrevista.

—Tú no viniste a entrevistarme, tú viniste a increparme.

—De haber declarado mi intención, no me hubieran concedido esta audiencia. Sólo le pido que no se enoje por lo que le he dicho. Necesitaba hacerlo. A pesar de todo, le tengo mucho respeto y en el fondo le amo.

—Y yo también a tí. Y te bendigo.

—Gracias.

—Y te perdono.

—Y yo a usted también. Adiós.

—Hasta pronto.

MI TÍA ESPERANZA

¿Y si al morir no nos acuden alas?

José Lezama Lima

Mi tía Esperanza, que a la edad de dieciocho años profesó en el convento de las clarisas bajo el nombre de Santa Elena (es costumbre en esa orden religiosa adoptar el de una santa al profesar), murió a los ochenta y cuatro en olor de santidad. Inmediatamente después, al comprobar que no existía la vida eterna, abominó de sus votos y de su vida, y se quiso suicidar. Pero ya era demasiado tarde.

Lamentablemente, ése, su único pecado mortal, fue el principal impedimento para su canonización.

FELIZ CUMPLEAÑOS

La cosas habían cambiado mucho. Ya no se celebraban los quince. Ahora la gran fiesta era el cincuentenario.

Los reglamentos de la nueva ley se cumplían con un rigor litúrgico. Debido a que algunas personas no podían precisar la hora exacta de su nacimiento, se había estipulado las tres en punto de la tarde para que terminara el minucioso ritual del gran cumpleaños. Entonces sería la culminación de los festejos, los cuales, según los recursos económicos de los participantes, variaban de un simple brindis privado, a un máximo de tres días de ininterrumpidas celebraciones.

En los últimos lustros las ciencias habían avanzado de una forma increíble. Muchas enfermedades eran prácticamente desconocidas por las nuevas generaciones. La lozanía de la juventud se había prolongado y la vejez existía sólo en los pueblos del tercer mundo. Fotografías de ancianos eran motivo de curiosidad en los textos ilustrados de la nueva asignatura «Senectud», donde se estudiaba cómo, después de cierta edad, los tejidos perdían su firmeza, las arrugas se multiplicaban, la próstata se agrandaba, la libido decrecía, el útero se atrofiaba, aparecían ominosas excrecencias en la piel, la probabilidad de contraer cáncer aumentaba, y hasta en las uñas se producían cambios degenerativos.

En los países civilizados la gente se asombraba de que alguna vez los seres humanos hubieran sido víctimas pasivas de tales estragos.

Por eso cayó en desuso la celebración de los quince. Ya no había por qué conmemorar esa edad como algo extraordinario. Una despreocupada juventud era lo normal en una persona que nunca envejecería.

Por supuesto, seguía ocurriendo lo inevitable: enfermedades fulminantes, accidentes, epidemias, desastres naturales. Pero la ignominia de la vejez había sido proscrita y el macabro culto a la muerte que perduró por tantos siglos fue finalmente abolido. Se descontinuó la fabricación de sarcófagos, urnas y objetos funerarios, así como la parcelación de nuevos cementerios.

Las repercusiones sociales y económicas del nuevo orden de cosas fueron inmensas. Con la sana y joven población, disminuyó el número de médicos y de hospitales necesarios para atenderla. El ahorro en los gastos ocasionados por las antiguas dolencias geriátricas redundó en un mejor estándar de vida en los países civilizados; y aunque al principio se habían debatido las consecuencias en la explosión demográfica, lo cierto fue que con el tiempo, las campañas para el control de la natalidad quedaron relegadas a un segundo plano.

En tal ambiente de prosperidad y bienestar, proliferaron los establecimientos oficiales llamados «Cincuentenario»: locales lujosamente habilitados, donde se celebraba el cumpleaños de los que llegaban al medio siglo de vida.

Los jóvenes eran los que participaban con mayor anuencia en estas ceremonias, pues desde la infancia habían sido educados en las nuevas ideas. Sabían que nunca tendrían que afrontar los agravios de la decrepitud. Ni ellos ni sus progenitores. Brindaban por la juventud y la vida, en un festín que concluía exactamente a las tres de la tarde del quincuagésimo aniversario del nacimiento del festejado. Alguna que otra vez, terminada la fiesta, la esposa del cincuentón derramaba una lágrima, una sola, porque enseguida

recordaba que muy pronto también ella sería la feste-
jada.

Luego, familiares y amigos abandonaban el edifi-
cio. Sólo permanecía en el lugar el que había cumplido ese día cincuenta años de edad. Y, por supuesto,
los médicos, enfermeros y demás empleados del esta-
blecimiento.

Poco después, de la chimenea del «Cincuentenario» una breve columna de humo ascendía en el azul
de la tarde.

FICHA DE AUTOR
POEMA
Y CRÍTICA

CONTRAPORTADA DEL POEMARIO
SEGUNDO ATARDECER
DE JULIÁN CARRASCO
DONDE APARECE EL POEMA
LOS DOS PUEBLOS

Julián Carrasco nació en Caibarién, Cuba, en las postrimerías del actual milenio, pero su lealtad municipal lo ubica en Remedios, donde ocurrió su niñez y su doble orfandad.

A los doce años ya había vivido veintitrés meses en un orfanatorio, entrado en un seminario en La Habana y escapado de otro en México.

De regreso en Cuba, estudió en los Institutos de Segunda Enseñanza de Marianao y de El Vedado.

Ha vivido desarraigadamente en New York, California y Miami, donde reside en la actualidad y, por temporadas, en Michigan, Madrid y París.

Segundo atardecer (Ed. Verborrea, 1975) es su segundo libro de poesía. En 1966, después de ganar un premio literario, publicó *Primer atardecer* (Ed. Sibila, 1966), que mereció muy amplia y favorable crítica a pesar de ser la *opera prima* de un desconocido.

En 1969 obtuvo el primer premio en el certamen de cuentos del Museo Aborígenes, de manos de uno de los tres miembros del jurado, el cual responsabilizó a los otros dos de no habérsele otorgado en definitiva.

Carrasco tiene en preparación un libro de cuentos, otro de crónicas y ensayos y al menos dos poemarios más: *Mis cien mejores poesías* y *Antología Personal,* según se manda. Cuando ya le sea indiferente divulgar su fecha de nacimiento y otras vicisitudes, piensa publicar *Mi Vida.* Y, más adelante, sus obras completas.

De niño, Carrasco soñó siempre con ser miembro de la sociedad de conciertos habanera Pro Arte Musical; aparte de eso, nunca le ha interesado pertenecer a ningún sindicato, agrupación o cofradía, ni siquiera literaria y mucho menos poética. Detesta mítines, asambleas, conciliábulos y ferias culturales. Y sus amigos deben demostrarle periódicamente que no pertenecen a ningún gremio intelectual.

Después de una terrible experiencia antológica, prohíbe terminantemente ser antologado (incluso, si ello fuera posible, por don Marcelino), a menos que los co-antologados sean sometidos a su previa consideración y veto.

LOS DOS PUEBLOS

El pueblo vecino era todo blanco:
las calles blancas,
las casas blancas,
el parque blanco,
el aire cargado de arena,
las Blanco,
hasta la cara empolvada de Paula Rojas,
todo era blanco.

En mi pueblo, por el contrario,
todo era rojo:
las tejas rojas,
la tierra roja,
los crotos rojos,
las clavellinas,
el fango de los canteros,
los charcos de las calles,
las Rojas,
los cachetes de mi tía Blanquita,
todo era rojo en mi pueblo rojo.

LOS COLORES EN LA POESÍA DE JULIÁN CARRASCO: NO SON CHINOS SUS PINCELES

Artículo publicado en la revista literaria *Revue Touleous*, el 23 de Julio de
2001, firmado por el novelista hondu-
reño Elpidio Isla

N o cabe la menor duda de que los pueblos a que
se refiere el poeta cubano en su poema «Los

dos pueblos» son: Caibarién (el pueblo blanco) y Remedios (el pueblo rojo), ciudades vecinas en el norte de la zona central de Cuba.

Es interesante observar, que aunque Caibarién es su pueblo natal, el poeta lo llama «el pueblo vecino»; mientras que Remedios, donde viviera desde los primeros días de nacido hasta los ocho años de edad, es «mi pueblo».[*]

Estos pormenores ya habían sido dados a conocer en 1994 en el libro *El Sentido Pictórico del Color en la Poesía Moderna* (F. Davis. Ed. Alberich y Máuriz-Cabral, Madrid, pag. 646). Me refiero a esa preciosa primera edición compuesta con Garamond 12, hoy agotada. En ediciones posteriores estos datos han sido suprimidos.

Fue sólo al publicarse el pasado año la biografía del poeta que tuvimos oportunidad de conocer más detalles sobre estos versos.

Como era de esperarse de una obra tan extensa, el biógrafo de Carrasco, Arcadio Roig, después de una investigación minuciosa y decenas de entrevistas, pudo al fin establecer la identidad de varios personajes que aparecen en el texto y que hasta hace poco

[*] Esta «transgresión de lealtades municipales» como lo definió el crítico Leopoldo de la Guardia ha dado pie a confusiones y errores en varias notas biográficas sobre el autor. Aunque no creemos que haya sido este poema el único causante de la equivocación, cabe mencionar aquí, que El Pequeño Larousse del año 2000, cita a Remedios como cuna del poeta.

tiempo se creían «... sólo un juego de palabras y colores...» (crítica de Enrique Coloma, aparecida en la revista *Insularidades*, de febrero de 1993).

Según el biógrafo, todos los nombres y apellidos que aparecen en el poema son de personas que habitaban en esos pueblos. Paula Rojas era una maestra solterona que vivió en la casa de una tía de Carrasco (Asela) y a quien el poeta seguramente conoció en sus frecuentes visitas al pueblo blanco.

En cuanto a «mi tía Blanquita», nos informa Roig que ninguna de las tías de Julián se llamaba Blanca. Sí existió en Remedios una Blanca Montalbán a la que todo el mundo conocía como «tía Blanquita».

Por otra parte, los apellidos «Blanco» y «Rojas» son antiquísimos en esa región: los Blanco en el pueblo blanco, los Rojas en el pueblo rojo.

Es más, en su exhaustiva investigación, Roig descubrió un peculiar personaje en la familia Rojas llamado Columna, que era figura muy prominente en la pequeña sociedad remediana en los años de la niñez del poeta. El biógrafo se pregunta asombrado por qué Carrasco no incluyó en su poema un nombre con tantas connotaciones como el de Columna. Escribe Roig: «¿Conocería el joven Carrasco a ese pintoresco personaje? ¿Lo habría olvidado cuando escribió esos versos? ¿O fue una omisión voluntaria? Nunca lo sabremos.»

Sea de ello lo que fuere, no creo que ninguno de los datos antes citados sean de importancia alguna, ya que este poema no es una épica histórica, ni siquiera geográfica, sino sólo «un divertimento» como solía llamarlo el poeta mismo.

En lo que discrepamos radicalmente del biógrafo es en la aseveración que hace sobre «la marcada influencia del poeta chino Sin Mie en la poesía de Julián Carrasco».

Hemos podido comprobar que la primera y única traducción de la obra de Sin (*Poemas Cromáticos*) se publicó mucho después de *Los Dos Pueblos*. Exactamente en Noviembre de 1986.

La historia está repleta de esas similitudes inconscientes. Bástenos citar las hasta ahora insospechadas coincidencias de Schubert y Bizet en música, y los paralelismos de Antonio Machado y Rosalía de Castro en poesía. ¿Qué nos puede ya asombrar después de haber presenciado la prolífica germinación espontánea de la semilla del realismo mágico en todas las latitudes de la extensa pradera continental e insular de América Latina?

Pero concentrémonos en la pintura, el color, que es lo primordial en estos versos.

En la primera parte del poema, cuando en la blancura absoluta y relumbrante de «el pueblo vecino era todo blanco», el poeta evoca a Paula Rojas, ese apellido podría haber sido una mancha intrusa en el albo lienzo.

Sin embargo, el poeta disimula magistralmente ese borrón, atenuando su fulgor con unas pinceladas de polvo blanco (una especie de talco que se aplicaban las mujeres de esa época en las mejillas): «...la cara empolvada...» Y después, en Remedios, cuando en ese pueblo tan rojo irrumpe la figura pálida de la tía Blanquita, el poeta-pintor vuelve a usar los mismos ardides y pinceles para colorear con un carmín encendido los cachetes de la tía blanca, preservando así la monocromía en ambas partes del poema.

Carrasco solía decir que *Los dos pueblos* debía ser «contemplado», no leído. Quizás fue por eso que nunca lo leyó en sus conferencias literarias. Poema para contemplar, no para leer; y mucho menos para analizar, ya que es difícil no sólo su categorización, sino también su definición. La insólita otredad de estos versos abarca, más allá del instante, la servidumbre de la memoria que se afinca y regodea, no en el ámbito inapresable de la irrealidad de una realidad, sino en la vorágine del entrevisto de esa misma otredad volcada sobre las vivencias de la inmediatez, para convertirse, de la vaguedad del nunca y de la nada en el cúmulo del siempre.

Mi intención al escribir este artículo fue esclarecer ciertos detalles y, sobre todo, expresar mi discrepancia respecto a la opinión de Roig sobre la influencia del poeta chino Sin Mie en la poesía de su autografiado. Esto último me pareció importante y creo que justifica el artículo.

Cumplida mi misión, sólo me falta invitar al lector a leer el poema una vez más, pero como quería su autor que fuera leído: Contemplándolo.

OBRAS CONSULTADAS

Carrasco, Julián. *Primer Atardecer*. Miami: Ed. Sibila, 1966

Carrasco, Julián. *Segundo Atardecer*. Madrid: Ed. Verborrea, 1975.

Isla, Elpidio. «Los Colores...» (título). *Revue Touleous*. Vol. XIV No. 2, julio 23, 2001 pag.14.

Davis F. *El Sentido Pictórico del Color en la Poesía Moderna*. Madrid: Ed. Alberich y Máuriz-Cabral, 1994 pag. 646.

De la Guardia, Leopoldo. *Toponimias Poéticas*. El País Literario. Santo Domingo: Artículo # 15, abril 10 de 1999. (Estos textos fueron compilados posteriormente en un libro bajo el mismo nombre de la serie periodística).

Roig, Arcadio. *Julián Carrasco, Su Vida y su Obra*. Madrid: Ed. Ferrugino, 2000.

Coloma, Enrique. *Los Dos Pueblos*. Revista Insularidades. San Juan: Vol. II # 3, febrero 1993 pag.12.

El Pequeño Larousse 2000

Diccionario de la R.A.E. 1999 (esporádicamente)

THE PLOT THICKENS

*El último hombre sobre la tierra
estaba sentado allí, en medio de
la habitación, y, en eso, llamaron
a la puerta.*

Fredric Brown

Inmediatamente después de llamar a la puerta del último hombre sobre la tierra cayó fulminado. Antes de expirar, escuchó una voz que dijo: «¿Creíste que podrías cambiar la trama?»

CLASES DE GRAMÁTICA
PRECIOS MÓDICOS

...que de tanto andar con las palabras, de tanto estirarlas y torcerlas, y volverlas de canto y de lado, y al trasluz y a contrapelo, me enredo con las ideas.

Enrique Labrador Ruiz

Siempre me gustó escribir, desde niño. En la escuela hacía composiciones que ganaban premios. «Tienes talento, pero debes cuidar tu gramática», decía la maestra.

Con los años, mi amor por la escritura se acrecentó. El lenguaje hablado nunca fue buen intérprete de mi pensamiento. Sin embargo, escribir me proporcionaba un placer indescriptible, combinar palabras hasta conseguir expresar con exactitud una idea, y moldearlas, como hace un escultor con la arcilla, anteponer prefijos, agregar variantes pronominales y alterar el orden de los elementos de una oración para lograr la sutileza deseada. Aunque siempre con la preocupación de que debía cuidar mi gramática.

Pero seguía escribiendo. Pensaba que lo importante era el tema, que la sintaxis y las reglas gramaticales eran secundarias. Además, tenía a mi favor el dominio absoluto de los signos de puntuación. Reconocía mi deficiencia gramatical, pero me recreaba en lo que me creía un perito. El texto llegó a ser algo superfluo, un pretexto para el empleo de los signos. Creaba párrafos enteros con el solo propósito de usarlos. Llegué a pensar que había inventado una nueva forma de escribir: un nuevo estilo, y no sólo de escribir. Me parecía impropio que esos signos quedaran relegados y fueran imperceptibles al hablar. Comencé a pensar con ellos y a enunciarlos oralmente. Primero con timidez, en voz baja, en ámbitos familiares. Después, en público. Recuerdo la primera vez. Había sido invitado a comer en casa de una de mis novias. Terminando el postre, la madre me preguntó si quería repetir. Le contesté así:

—Quiero coma pero no debo.

Nadie dijo nada. Deduje que, como a mí, les pareció apropiado esa forma de hablar.

Pero era la escritura la que me proporcionaba verdadero placer: cartas a periódicos, revistas, estaciones de radio y televisión. Muchas eran publicadas, algunas rebatidas o comentadas.

Un día se me ocurrió un plan y de inmediato lo puse en práctica. Empecé a visitar los pueblos aledaños a mi ciudad y me hice de un nuevo grupo de lectores, ávidos, enamorados: lectores novias, muchas; pues el propósito no era el amor ni la fidelidad y mucho menos el matrimonio. El objetivo eran las cartas, mis poemas; escribirlos, que fueran leídos en éxtasis. La lejanía de las destinatarias facilitaba la veleidad y justificaba la correspondencia.

Asegurado el fervor de los lectores, dueño de un estilo propio y erudito en signos ortográficos, di riendas sueltas a mi vocación.

Si sólo pudiera superar mi deficiencia gramatical, pensaba a veces.

Y un día leí el anuncio

**CLASES DE GRAMÁTICA
PRECIOS MÓDICOS**

Ahí estaba la solución. Al fin, la calidad que ya se advertía en mi prosa iba a brillar en todo su esplendor.

La primera clase fue «el gerundio y su temporaneidad».

Enseguida me percaté de los inescrutables misterios del idioma, del caprichoso carácter de las palabras, de la arbitrariedad de las leyes gramaticales.

Empecé a escribir menos. Un pánico inexplicable se apoderó de mis dedos. Y un día dejé de escribir del todo.

Tan inflexible como las reglas era la maestra. Una verdadera sacerdotisa del idioma, fanática e implacable. No proporcionaba soluciones, no explicaba, no daba pautas.

Conocía todas las reglas. Como una jueza las proclamaba. Como verdugo las esgrimía. Menospreciaba la poesía: «Muchas licencias», decía. Infalible, vetaba palabras y proscribía frases de autores laureados. ¿Qué esperar entonces de mis escritos?

No obstante, ese día se los mostré. Algunas cartas de amor y mis cien mejores poesías.

Leyó las cartas en una actitud de vehemente desprecio. De cada página se salvaban solamente tres o cuatro frases, el resto lo tachaba con rabia, con saña.

Pero la mayor afrenta, el peor agravio fue en los poemas. Cuando terminaba de leerlos, los hacía pedazos y los echaba en la basura. Antes de leer el último me miró. Se había puesto muy pálida. Su mirada fija, llena de odio y de lástima a la vez, me hizo sentir el más despreciable de los hombres. Y aún después, cuando yacía inerte a mis pies, sus ojos vidriosos proyectaban lástima y desprecio. No tuvo tiempo de romper el último poema. En su mano sarmentosa y yerta, como una flor arrugada y mustia, su crispados dedos estrujaban mi «Oda al Alhelí».

Ella fue la culpable, la asesina, la que mató al escritor que había en mí, la que me condenó a la impotencia, a la depresión, al suplicio de la página en blanco. Y a esta celda.

Pero a pesar de este encierro no me quejo. Con su muerte, mis dedos han recuperado su destreza. Muchas novias esperan ansiosas mis cartas. Tres editoriales han solicitado mi versión de los hechos; una, mi autobiografía. Como podrán imaginar, soy inmensamente feliz.[*]

---

[*] Algunos meses después de haber sido publicada esta historia en la revista «Rejas Literarias», los poemas, que en pedazos habían sido la principal evidencia incriminatoria contra el autor, fueron reconstruidos con miras a su publicación.

Ante la reconstruida evidencia poética, literatos primero, médicos después y al final los jueces, dictaminaron que ya no era posible asegurar con absoluta certeza que la muerte de la profesora tuvo necesariamente que haber sido un asesinato.

En 1961, a la edad de treinta y tres años y después de haber cumplido sólo una tercera parte de su condena, el poeta fue puesto en libertad.

De más está decir que los poemas nunca fueron publicados.

CAPITONÉ

P alpando el capitoné comprendió que lo habían sepultado.

LA VERDADERA HISTORIA DE JUAN CABRERA

Donde se explican las razones de
la travesía y se descifra el misterio
de la negrura sofocante

A J. Joaquín Fraxedas

Miami, Pancho, es una de las ciudades más lindas de América, y por la libertad que se disfruta en ella, se debe aventurar la vida...
Así que no te quedes ahí pasmado, ve y corta las aspas de ese molino y hazte una balsa que te saque de estas condenadas tierras.

Homero Saavedra

Miami, Octubre 20, 1990

Querido Juan:

Sé que te sorprenderá esta carta, pues desde que salí de Cuba nunca te había escrito. Pensaba que estabas integrado a la Revolución y que mis cartas podrían perjudicarte.

Si ahora lo hago es por razones muy poderosas. Pensé escribirte anónimamente, pero sabes que no soy hombre capaz de semejante cosa y, además, estoy seguro de que al hacerte saber quién soy, le darás más mérito y credibilidad al asunto.

Como sabes, poco después de asilarse en Berlín, Carmen vino a vivir en esta ciudad. Creo que es mi deber informarte que todo Miami está hablando de tu mujer. Una amistad funesta empaña su reputación y la tuya; se llama Vivian Jerez, una lesbiana que es capitana o tenienta del Cuerpo de Guardacostas.

Espero que sepas perdonar y comprender las razones que han motivado el hacerte llegar esta noticia, pero para eso están los amigos.

Sin más, recibe con ésta un afectuoso abrazo de

Luis Marcelino

J uan terminó de leer la carta. La colocó sobre la
mesa. Se había puesto muy pálido. Inconsciente-
mente se pasó la mano por la frente (otra de sus muchas manías); ésta, en particular, consecuencia de
aquella costumbre de subirse en los árboles de la finca
de su abuelo. Una vez, cuando tenía ocho años, se
había golpeado con el tronco de un framboyán. Un
mechón del cabello del niño quedó incrustado en la
corteza del árbol y desde entonces floreció con cada
primavera; y una mancha (mezcla de sangre acumula-
da y resina) se grabó para siempre en la frente de
Juan. En ese intercambio de fluidos vitales, como en
una hermandad de sangre, ambos se imprimieron una
marca indeleble.

Ahora, como queriendo librarse de la negrura sofocante que lo abrumaba, Juan Cabrera se pasaba la mano por la frente. Estaba angustiado y tembloroso, y sus ojos comenzaron a llenarse de lágrimas.

No durmió en toda la noche. La mañana siguiente se fingió enfermo y no fue al trabajo.

Había perdido poco a poco lo que más quería en este mundo. Primero sus abuelos, después su padre, su madre y, por último, confiscados por la Revolución, su heredad (la finca «La Rosalía», la casa de La Habana, y los ingresos provenientes de la patente de un inodoro que inventó su abuelo). Carmen era lo único que le quedaba y no estaba dispuesto a perderla.

Tomó al fin una decisión:

—Voy a partir. La chusma diligente no se regodeará en mi escarnio.

Al día siguiente se puso en contacto con un amigo de la niñez que vivía en Guanabo. Compró una balsa, remos, algunas provisiones, y en menos de una semana estuvo listo para el viaje.

La travesía la harían él, su amigo Raúl, un negro que había participado en la guerra de Angola, y un viejo que encontraron a última hora sentado en la arena leyendo la *Atalaya* y que les suplicó que lo llevaran.

Zarparon sin ningún problema, pero cuando habían navegado varias millas, una cañonera los descubrió.

Juan y Raúl se tiraron al mar y se escondieron debajo de la balsa. El devoto de Jehová, que no había cesado de predicarles durante toda la noche tratando de convertirlos a su fe, gritaba versículos y aleluyas sin soltar la *Atalaya*. Los de la cañonera, creyendo que el viejo era el único ocupante de la embarcación, lo ametrallaron y se alejaron de regreso a Cuba.

La balsa era ahora más ligera. Raúl remaba siguiendo las instrucciones de Juan que se orientaba por las estrellas. Juan, además de ser profesor de física era astrónomo aficionado. Para Raúl, hombre pegado a la tierra, saberse el nombre de las estrellas era tan absurdo e inútil como aprenderse de memoria las calles de Luyanó. Ahora se daba cuenta de que para algo servía ese conocimiento, o al menos así lo creía su amigo.

Se sintió un golpe debajo de la balsa y Raúl perdió el equilibrio y cayó al mar. Fue tan rápido e inesperado, que Juan sólo llegó a ver unas piernas sobresaliendo de la boca del tiburón, antes de que desaparecieran por completo en las fauces del monstruo.

Ahora Juan estaba completamente solo. Sintió pánico. La soledad se hace aún más abrumadora en medio del océano. Recordó que no sabía nadar. Pensó en aquellas vacaciones cuando había viajado con sus abuelos en un crucero por el Mississippi. En un accidente inexplicable se había caído al agua. Por suerte, su abuela Pepa lo había visto desde cubierta. Doña Pepa, que era una excelente nadadora, se quitó sus zapatos de raso negro (comprados en Barcelona), y se lanzó al turbulento río, salvando así a su nietecito.

Desde entonces, Juan le tuvo pánico a las aguas y concentró su atención en las alturas, los framboyanes y las estrellas. Y ahora se encontraba en una balsa en medio del océano, y todo por el amor de una mujer. Solo, perdido y abandonado. No pudo menos que pensar en la ironía de que su rival se paseaba en ese mismo mar en un flamante guardacostas vestida de impecable uniforme. Y se quiso morir, pero en ese momento recordó algo que había oído una vez (¿o lo había leído?): que no es apropiado morirse en la mañana, que esas son cosas de la tarde. Y entonces decidió esperar al atardecer para morirse[*].

Las nubes anticiparon la noche. Juan pensó: –Sólo eso me faltaba: que se quede el infinito sin estrellas. Y efectivamente así fue. Mas no por eso perdió el ancho mar su inmensidad.

---

[*] No, no lo oyó. Lo leyó. Y aunque no cita la fuente, al menos infiere que la idea no es de él. En cambio el otro, su homónimo, el de la novela, el muy fresco, piensa: «Es una extraña cosa en la mañana eso de pensar en la muerte. Al atardecer es más natural...» Y antes, tratando de excusar el plagio, el autor dice: «Juan estaba muy confundido, lo había estado durante toda la tarde. Estuvo oyendo voces, sintiendo cosas». ¡Descarado! él bien sabía de donde salió esa frase y el poema que la inspiró y, sin embargo, no dio crédito en su libro al autor de «En la tarde, tarde».

Vivian Jerez había ido a estudiar a New Hampshire para alejarse de Miami. No se podía decir que odiara a sus compatriotas, pero sí detestaba todo lo cubano. Por Cuba había perdido a su padre en la invasión de Bahía de Cochinos y, poco tiempo después, murió su madre de la indigestión de un ajiaco que se comió en el *Casablanca*. Quedó entonces completamente sola en el mundo. Con razón se rebelaba contra su casta y tradiciones. Evitaba la calle 8, tomaba café americano y prefería cualquier *fast food joint* al mejor restaurante cubano. Le repugnaban las casas de sus vecinos en perpetuo ajetreo de ollas y sofritos. Su apartamento era distinto; tenía ese olor a *Sears* de las casas americanas, donde el proceso de deshelar y poner en el horno es tan rápido y eficiente que no deja huellas en el aire. Pero el destino o la profesión que eligió la habían hecho regresar a Miami. Y fue en esa ciudad donde había conocido a Carmen, la esposa de Juan Cabrera.

Juan seguía en el mar (ahí lo dejamos) oyendo voces, sintiendo cosas, viendo negruras y colores, y ahí lo dejaremos, porque viene un huracán y no tengo ningunas ganas de describirlo.

A Carmen le acababan de notificar la partida en balsa de su esposo. Se terminó de bañar, se secó su hermoso cuerpo y, después de mirarse las nalgas en el espejo, se vistió. Más tarde, se encontró con Vivian en el *Versalles* y ambas fueron hacia el Centro de Guardacostas.

Proceloso el mar, pero aún más intrépida la tenienta, no tardó ésta en rescatar a Juan de la Corriente del Golfo, piélago azul, cuyo caudal, en época alta, equivale a ciento dos Amazonas, setenta y seis Orinocos y noventa y siete Nilos, según cálculos del cronista original de esta historia que es también oceanógrafo eminente.

Una vez en cubierta, Vivian le extendió una mano firme, pero cordial.

—Yo soy Vivian, la guardacostas—, lo cual sonó a título de película mexicana.

Y el pobre balsero, usando las últimas fuerzas que le quedaban, engoló la voz, y en tono altivo y autoritario respondió:

—Y yo soy Juan **Cabrera**, el marido de Carmen. Y cayó desmayado.

Lo primero que hizo Juan cuando llegó a Miami fue buscar la gasolinera del hermano de Raúl. Tenía que informarle la muerte de su infortunado amigo, aunque había decidido omitir los macabros detalles del hecho.

Dos piernas envueltas en un pantalón azul eran lo único visible. El resto del cuerpo estaba dentro de las fauces abiertas de un Chevrolet gris. Ante esa visión, Juan se desmayó sobre el asfalto hirviente de la gasolinera. Al oír el golpe, el hermano de Raúl salió del automóvil y fue a auxiliarlo. Después de darle palmadas en la cara, le frotó *unleaded gasoline* en la frente creyendo que la mancha negra era de grasa. Y tanto la frotó que la mancha desapareció. Cuando Juan volvió en sí, fue incapaz de dar la terrible noticia. Dio simplemente las gracias y se alejó.

La aciaga sombra que lo había abrumado desde su niñez en *La Rosalía* quedaba atrás para siempre en el trapo grasiento de una gasolinera de Hialeah.

Libre al fin de esa negrura sofocante, Juan se sintió de pronto poseído de una alegría infinita; tomó a Vivian y a Carmen de las manos, y se fueron los tres bailando y cantando hasta la calle 8 del Southwest, calle donde el cubano puede lo mismo comprar una canastilla que un sudario, decir una mala palabra o un piropo, inventarle una enfermedad al tirano, ver pasar avejentada una de esas caras sin nombre que solía ver por las calles de su pueblo, ir a misa, al brujero o al médico, pensar que quisiera morirse en Cuba, tomarse un guarapo, pagar el último plazo de sus funerales. O morirse, si es que la nostalgia no lo ha matado antes. Después de todo, seguramente lo enterrarán en uno de los cementerios de esa misma calle.

Y siguieron los tres cantando y bailando de acera en acera como tres chiquillos alocados.

Renovaban sus fuerzas con vasos de guarapo en una esquina, sorbos de café en la otra, o un batido de frutas en la de más allá. Así, calle 8 abajo hasta llegar a *La Lechonera*, donde hicieron una pausa para cantar el Himno Nacional.

Un viejito que salía de almorzar, al oírlo, cayó fulminado de un ataque al corazón.

—Trágicos que son los cubanos hasta para morirse —dijo Vivian, pero esta vez en un tono benévolo, no vindicativo.

Cansados, pero sin dejar de cantar y bailar, llegaron a la Ermita de la Caridad, donde dieron gracias a la Virgen por esa recuperada dicha que los embriagaba.

ALGUNOS LIBROS PUBLICADOS EN LA COLECCIÓ
CANIQUÍ POR EDICIONES UNIVERSAL: